O
ESBULHO
DO
PRÍNCIPE
MARGARINA

O ESBULHO DO PRÍNCIPE MARGARINA

DE

MARK TWAIN

&

PHILIP STEAD

COM ILUSTRAÇÕES DE

ERIN STEAD

Tradução de
JULIÁN FUKS

1ª edição

GALERA
junior
RIO DE JANEIRO
2021

CIP-BRASIL. CATALOGAÇÃO NA PUBLICAÇÃO
SINDICATO NACIONAL DOS EDITORES DE LIVROS, RJ

T913e

Twain, Mark,
O esbulho do príncipe Margarina / Mark Twain, Philip Stead ; tradução Julián Fuks. - 1. ed. - Rio de Janeiro :
Galerinha Record, 2021.
  il.

Tradução de: The Purloining of Prince Oleomargarine
ISBN 978-65-55-87216-3

1. Ficção. 2. Literatura infantojuvenil americana. I. Stead, Philip. II. Fuks, Julián. III. Título.

21-68445	CDD: 808.899282
Meri Gleice Rodrigues de Souza - Bibliotecária - CRB-7/6439	CDU: 82.93(73)

Título original:
The Purloining of Prince Oleomargarine

Copyright do texto © 2017 Philip C. Stead
Copyright das ilustrações e da capa © 2017 Erin E. Stead
Material escrito variado: Cartas não publicadas, cartas manuscritas e manuscritos literários disponíveis em *The Mark Twain Papers*, de Mark Twain, © 2001 Mark Twain Foundation. Publicados pela Universidade da Califórnia.
Copyright da compilação © 2017 The Mark Twain House & Museum
Copyright da edição em português © 2018 por Editora Record LTDA.
Publicado mediante acordo com a Random House Children's Book, uma divisão da Penguin Random House LLC.

Texto revisado segundo o novo Acordo Ortográfico da Língua Portuguesa.

Direitos exclusivos de publicação em língua portuguesa somente para o Brasil adquiridos pela
EDITORA RECORD LTDA.
Rua Argentina, 171 - Rio de Janeiro, RJ - 20921-380 - Tel.: (21) 2585-2000,
que se reserva a propriedade literária desta tradução.

Impresso no Brasil

ISBN 978-65-55-87216-3

Seja um leitor preferencial Record.
Cadastre-se no site www.record.com.br e receba informações sobre nossos lançamentos
e nossas promoções.

Atendimento e venda direta ao leitor:
sac@record.com.br

ABDR
ASSOCIAÇÃO BRASILEIRA DE DIREITOS REPROGRÁFICOS
CÓPIA NÃO AUTORIZADA É CRIME
RESPEITE O DIREITO AUTORAL
EDITORA AFILIADA

Para as meninas Clemens.
E para nossa menininha também.
—P.S. *e* E.S.

Nosso herói

A narrativa deve fluir como flui o riacho através das montanhas e dos bosques, mudando de curso a cada pedra que aparece e a cada ponta de cascalho coberta de grama que se projeta em seu caminho; sua superfície se rompe, mas seu trajeto segue o peso das rochas ao fundo; um riacho que nunca segue reto, nem por um minuto, mas segue todo o tempo, e segue ligeiro, às vezes de um jeito pouco gramatical, às vezes se desviando pouco mais de um quilômetro e se curvando como uma ferradura, e no fim do circuito fluindo a não mais que um metro do lugar que atravessou uma hora antes; mas sempre seguindo, e sempre respeitando ao menos uma lei, sempre leal a essa lei, a lei da narrativa, que não tem lei.

— Mark Twain

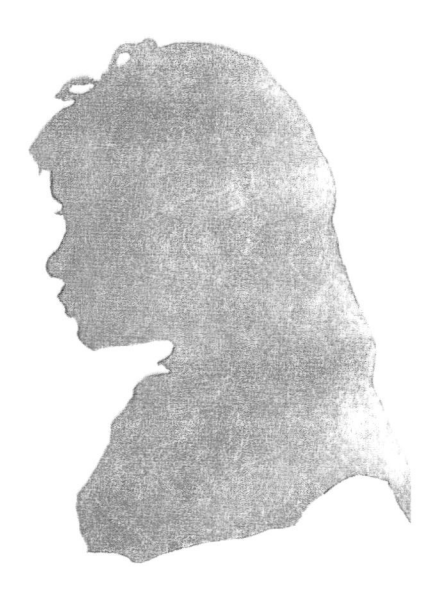

Eu queria que papai escrevesse um livro que revelasse algo de sua natureza compreensiva…

— Susy Clemens

NOTA DE UM DOS AUTORES

Olá.

Meu nome é Philip Stead, o que, se dito muito rápido e com muito entusiasmo, soa muito como *"Philip's dead!"* — Philip está morto —, coisa que não estou. O mais provável é que você não me conheça e nunca tenha ouvido meu nome, nem rápido nem devagar. Mas existe alguma chance de você ter ouvido falar de meu amigo Mark Twain. Foi ele quem me contou esta história, e, diferente de mim, ele está morto. Ou pelo menos eu suponho que esteja, porque, depois de ter me contado três quartos da história, ele se levantou para buscar mais uma xícara de chá e desapareceu completamente — puf!

Eu realmente espero que ele tenha conseguido aquele chá.

CAPÍTULO UM

EM QUE SOMOS APRESENTADOS A NOSSO DESAFORTUNADO HERÓI

Com muita concentração, podemos nos transportar exatamente para o lugar onde precisamos estar. Na verdade, vamos nos transportar para uma terra não muito distante daqui — não muito distante, mas perdida o suficiente para que o mais provável seja que você jamais chegue lá. Eu tentei. Essa terra tem um nome, mas é difícil demais de pronunciar. Nem vale o esforço.

É claro que nossa terra, os Estados Unidos da América, corre tão macia pela língua e é tão fácil de encontrar que você pode passar metade da vida procurando uma forma de sair dela. Assim, veja você, já descrevemos duas diferenças entre Aqui e Lá.

Outra diferença a considerar: na terra perdida e de nome difícil de pronunciar onde se passa nossa história, os desafortunados e famintos continuam sendo desafortunados e famintos a vida inteira. Já nos Estados Unidos, todos têm as mesmas oportunidades, justas e igualitárias. Seria deselegante pensar o contrário!

Aqui — seja em Michigan ou no Missouri —, é provável que os desafortunados e famintos venham a dar uma topada com o dedão, olhem para baixo e descubram na ponta do pé um prato de sopa cheio de barras de ouro. *Eureca!* Lá, porém, é mais provável que os desafortunados e famintos deem uma topada com o dedão do pé, olhem para baixo e só descubram a raiz seca de uma macieira velha e murcha.

E foi justamente isso que Johnny, nosso herói, acabou de descobrir...

"Eureca!", exclamou ele. Ele disse *Eureca!*, e não coisa muito pior, porque muito tempo antes tinha decidido jamais falar palavrões — nem mesmo quando a situação pede um palavrão (como tantas vezes acontece). O avô de Johnny, pobre e desgraçado, já falava palavrões suficientes para os dois. Seus xingamentos pairavam, como uma nuvem, sobre aquele lar infeliz. Uma vez, quando Johnny era muito jovem, um bando de pombos se perdeu naquela neblina e caiu morto de desespero, todos eles de pança para cima, no telhado da casa. Isso é um fato. E é, também, o motivo pelo qual Johnny resolveu carregar sempre consigo uma bússola moral, para não correr o risco de se perder e nunca mais encontrar o caminho.

Johnny jamais chegou a conhecer nenhum outro familiar. E dizer que ele conhecia o avô seria no mínimo otimista. E como muitas das tragédias do mundo, grandes e pequenas, são pensadas primeiro nas mentes dos otimistas, vamos fazer agora um favor à humanidade e ser fiéis aos frios fatos:

O avô de Johnny era um homem mau.

O avô de Johnny

A única companhia verdadeira de Johnny era uma galinha melancólica com um nome peculiar. Ela se chamava Pestilência e Fome. Podemos deduzir que, em algum momento do passado, existiam duas galinhas — uma chamada Pestilência, e a outra, Fome. Mais uma vez, porém, temos que ser fiéis aos fatos. Agora só existe uma galinha, que atende pelos dois nomes.

Pestilência e Fome

Pestilência e Fome foi caminhando até Johnny para dar uma suave bicada em seu pé machucado, como gesto de compaixão.

"Obrigado", agradeceu Johnny. "Acho que vai ficar bom." Ele estava saltitando num pé só. A galinha começou a imitar esse jeito de andar, achando que era o jeito certo. Johnny sorriu para sua velha amiga.

Foi assim que a galinha recebeu seu nome...

Desde que Johnny conseguia se lembrar, o avô saudava cada manhã saindo ao jardim num arroubo, chutando a terra no ar e gritando para ninguém em particular: *Pestilência e fome! Pestilência e fome!* Pestilência e Fome achava isso muito divertido. Ela se livrava da melancolia por um instante, se eriçava sobre as pernas magrelas e se punha a bater as asas com toda alegria. Então o avô de Johnny entrava em casa, deitava no chão empoeirado e tirava uma soneca até bem depois do meio-dia. Enquanto dormia, murmurava baixinho para si mesmo uma suave canção de amor. Era nesses momentos que Johnny mais amava o avô.

Johnny nunca tinha ouvido duas boas palavras em sequência vindas do avô. Por isso, foi uma grande surpresa para ele quando o avô saiu daquele barraco aos pedaços e chegou ao jardim para perguntar: "Você está bem? Consegue andar?"

O coração de Johnny se encheu de felicidade. "Sim!", respondeu ele. "Vou ficar bem, obrigado!"

"Que bom", comentou o avô. "Então vá até o mercado e venda a galinha em troca de alguma coisa que valha a pena comer."

CAPÍTULO DOIS

SOBRE DESFILES

Outra diferença entre Aqui e Lá: as estradas.

Nos Estados Unidos, temos estradas para qualquer lugar. Desde que um punhado de arruaceiros arrebanhou esta terra de seus Cidadãos Originais, tem sido nosso dever sagrado nivelar cada bosque e atravessar com concreto toda a selvageria dos rios e córregos. *Amém!*

Na terra de Johnny, só existia uma estrada. As pessoas, e suas galinhas, quase não iam a lugar algum. A estrada se alongava numa linha reta e decidida, cruzando de cada lado a loucura, a crueldade e as ameaças de violência, por quilômetros e quilômetros inexplorados. Numa das pontas dessa estrada ficava a casa humilde de Johnny. Na outra, o castelo do rei, com os mercados e as praças que o cercavam, repletos de música e dança, de arroubos espontâneos de orgulho cívico, corridas de mula, pequenos furtos, roubos, vandalismo, jogos de azar, surras e desfiles intermináveis. Johnny não conhecia nada disso, é claro, já que nunca na vida havia saído de casa.

Johnny seguia mancando por aquele caminho, com Pestilência e Fome se arrastando atrás dele.

No céu, o sol pendia pesadamente. Johnny parou para secar a sobrancelha, dando tempo para que a pobre galinha o alcançasse. "Vai ser melhor assim para você", disse ele de maneira carinhosa, querendo oferecer à desanimada ave algumas palavras de encorajamento. "Tenho sido seu amigo, mas não tenho muito mais a lhe dar. Com alguma sorte, um bom fazendeiro vai se ocupar de você e alimentá-la bem." Ele se abaixou e acariciou de leve a cabeça de Pestilência e Fome. Johnny amava aquela galinha e sentia compaixão por seus problemas. Ele sabia, porém, o que todos sabemos — que as histórias de poucas galinhas costumam ter um final feliz. Trata-se de um fato que não é possível ignorar.

Os dois amigos se apressavam pela estrada numa fila única cheia de pesar. Por três dias andaram, mastigando e bicando cascas de árvore quando a fome roncava nas barrigas. Dormiam ao relento, e dormiam muito pouco. Não foi um período bom para ninguém. Mas não vamos nos prender demais aos tristes fatos dessa jornada.

Em vez disso, melhor poupar tempo e saltar para o fim.

Eles estavam quase chegando ao destino quando, de repente, sem qualquer aviso, se viram cercados por um desfile. Havia trompetes e tambores e uma quantidade exagerada de címbalos. Havia bandeiras e bastões de fogo, uniformes ridículos e uma multidão de chapéus esquisitos. Havia um homem enfeitado com um excesso de medalhas de ouro, agitando um sabre com fervor acima da cabeça (sem qualquer razão evidente). E havia hordas de espectadores eufóricos quase desmaiando de tanto entusiasmo. É claro que também havia um canhão. (Há sempre um canhão.) Johnny não chegou a vê-lo, mas o ouviu, e seu estrondo ensurdecedor o derrubou de costas, quase fazendo com que esmagasse a amiga empenada e causasse o fim prematuro de sua existência já tão pouco digna. Pestilência e Fome soltou um suspiro e pensou o pensamento de tantas galinhas antes dela: *Por que eu?*

Desfiles não são para qualquer um. São, pelo contrário, para pessoas que gostam de acordar muito, mas muito cedo e fazer um tremendo barulho desde a primeira hora. Essas qualidades não estão presentes em Johnny. Nem em sua galinha. Por isso os dois agora se viam sentindo um forte desconforto, algo desconhecido para qualquer um que esteja acostumado a levar a vida nesse altíssimo volume.

É claro que meu maior desejo é resgatar Johnny dessa vivência desagradável e roubá-lo para algum lugar mais tranquilo. Mas, antes de fazer isso, preciso mencionar que esse desfile em especial tinha algo de particularmente estranho. Todos os participantes estavam agachados enquanto marchavam, cada um parecendo ter deixado cair alguma coisa muito pequena e muito importante na estrada. A multidão de ruidosos espectadores também estava agachada. Na verdade, os únicos que se mantinham plenamente erguidos eram as crianças. E os animais.

Johnny juntou coragem e perguntou a um burrico velho e cansado: "Com licença, por que está todo mundo agachado desse jeito?"

O burrico zurrou como quem sabe a resposta, mas Johnny não conseguiu entender o que dizia. Um homem barbudo brandindo um martelo e com um desagradável olhar de otimismo no rosto falou em seu lugar: "Saia da frente, rapaz!" Em seguida, desenrolou um pergaminho e o fixou numa árvore ao lado de Johnny. A árvore gemeu, mas aceitou mais uma picada em seu manto de pregos enferrujados. Johnny só olhava intrigado. Se ao menos o homem removesse aquele monte de pregos, talvez a árvore se sentisse libertada. Talvez saísse andando pela estrada até uma terra melhor. Mas, por ora, a árvore estava presa. Carregava o peso dos muitos anos de proclamações esquecidas, a última das quais dizia:

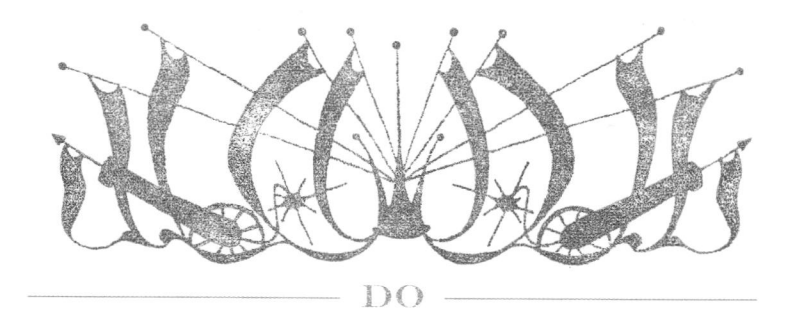

DO

REI

UMA PROCLAMAÇÃO

O DESFILE DE HOJE
É PARA CELEBRAR AS GLORIOSAS VITÓRIAS
DO EXÉRCITO DE SUA MAJESTADE
SOBRE OS MAIS RECENTES E MAIS TERRÍVEIS
INIMIGOS DA NAÇÃO:
OS EXTREMAMENTE ALTOS.
SUA ALTEZA,
EM SUA INFINITA SABEDORIA E PROEZA FÍSICA,
JÁ DEMONSTROU QUAL É A ALTURA MÁXIMA APROPRIADA
PARA TODOS OS HOMENS E MULHERES.
A PARTIR DE AGORA,
QUEM EXCEDER ESSA ALTURA
ESTARÁ COMETENDO UMA GRAVE VIOLAÇÃO DE SUA AUTORIDADE
E SERÁ CONSIDERADO,
PERPETUAMENTE,
INIMIGO DO ESTADO.

Homem barbudo

"Per-pe-tu-a-men-te", disse o homem barbudo, sorrindo como alguns homens sorriem depois de ganhar alguma coisa às custas de outro.

Pestilência e Fome sentou-se na estrada, cansada de toda aquela animação.

"Com licença. Você pensa que...", começou Johnny.

"Não pensamos!", exclamou o homem. E ficou por isso. A banda incorreu numa cacofonia, e toda a companhia se escafedeu pela estrada. Johnny e a lamentável companheira esperaram tempo suficiente para se recuperar daquele pandemônio de nervos, e em seguida saíram atrás da nuvem de poeira deixada pela multidão.

Não muito depois disso, chegaram a um tumultuado mercado à grande sombra da muralha do castelo.

OUTRA NOTA
DE UM DOS AUTORES

Como você, tenho certeza, tirou um tempinho para ler a nota do autor no início deste livro, há de se lembrar de que esta história não é minha. Ela me foi contada por meu amigo, o Sr. Mark Twain.

Twain e eu temos algumas coisas em comum. Por exemplo, somos os dois de lugares que começam com a letra M. Eu sou de Michigan, e ele do Missouri. Nesse mundo, é possível nascer numa infinidade de lugares repugnantes, mas nenhum deles começa com a letra M. Nenhum!

Ainda assim, Twain saiu do Missouri e ficou um tempo no estado de Nevada, e depois na Califórnia, no Havaí, em Nova York, Londres, Bombaim, Pretória, Florença, Paris, Egito, Connecticut e um monte de outros lugares que não chegam nem perto de ser tão legais quanto o lugar onde ele começou.

Eu fiquei em Michigan a maior parte do tempo. Então, foi ele que veio até mim.

Nós nos conhecemos num chalé numa ilha no meio do lago Michigan. O chalé tinha cheiro de madeira recém-cortada. Sentamos juntos à luz do sol, numa tarde fria de setembro. Ele me contou esta história (ou três quartos dela, pelo menos) enquanto eu fazia o que faço de melhor: parecer que estou prestando atenção, sem de fato estar. Ele tomava chá, eu tomava café. Ele falava, e eu ia anotando todas as criaturas que apareciam para nos cumprimentar:

Uma libélula.

Um furão.

Três esquilos pretos.

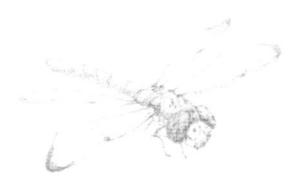

E, por último, um tipo de pássaro amarelado com bolinhas pretas nas penas da cauda. Há tanta coisa para se ver neste mundo!

A ilha onde nos encontramos se chama Beaver Island, a Ilha do Castor. Algumas centenas de anos atrás, havia ali um monte de castores. Mas, então, alguns viajantes europeus, quase carecas e só de passagem, perceberam que aqueles castores podiam render uns chapéus estilosos. Aí — puf! — não tinha mais nenhum castor.

Outra coisa que costumava haver na Ilha do Castor eram simpáticos colonos mórmons. Cento e setenta anos atrás, um otimista chamado James Jesse Strang guiou um pessoal legal até a Ilha do Castor para começar uma colônia. Eles construíram estradas e pontes, e um monte de outras coisas úteis. Até chegaram a ter um jornal. Sabe o que se lia sempre em sua manchete?

TODOS ESTÃO SE DIVERTINDO

James Jesse Strang declarou a si mesmo rei da ilha, e tudo ia às mil maravilhas. Até que o Rei Strang fez algumas proclamações impopulares e terminou mais ou menos como todos os castores da Ilha do Castor, morto, com uma diferença importante: ninguém fez um chapéu com sua pele — o que foi uma gentileza, suponho.

Sempre acontecem coisas terríveis com os reis. Fico pensando por que alguém iria querer um emprego desses. Mas isso não vem ao caso.

"O que aconteceu, então, com a galinha?", perguntei ao Sr. Twain.

CAPÍTULO TRÊS

A MAIS RARA DAS AVES

Johnny percorreu o mercado, sem saber ao certo que estratégia usar. À sua volta, muitos barulhos, cheiros e uma violência desregrada. Johnny segurava Pestilência e Fome junto ao peito para garantir que ninguém a pisasse.

"Com licença", Johnny abordou um boi. E parou por um instante, inseguro quanto ao que dizer em seguida. Não tinha muita prática na arte da conversa.

Mas o boi era paciente. Ficou ali em paz, parado na estrada, perdido em devaneios.

Johnny conseguia ver o devaneio nos olhos do animal. Era feito de campos verdes cheios de dentes-de-leão. Mas, enquanto Johnny estava ali, agarrando sua galinha doente no peito e ponderando sobre os sonhos de um boi, surgiu uma voz tomada de fúria selvagem.

Boi em devaneio

"Afaste-se", trovejou a voz. "Esse boi é meu!" Johnny se virou e viu um homem dobrado em ângulo agudo na altura da cintura. Vinha com uma pressa grande, desconfortável, como todos os demais. O homem bateu no animal com uma vara comprida. "Mexa-se", gritou.

Johnny abriu passagem para aquela triste dupla. Mas, ao dar um passo atrás, tropeçou, primeiro numa sacola de peles de coelho, depois num jarro vazio de uísque e, por fim, num carrinho cheio de nabos, que virou e acabou espalhando um monte de vegetais pela estrada. O boi baixou a cabeça e tomou um nabo entre os dentes. Isso lhe rendeu mais um golpe.

"Cuidado, garoto!", gritou o homem dos nabos, e empurrou Johnny de volta à estrada. Johnny voou, caindo muito perto das rodas de uma carroça que ia batendo seu caminho até a forca. Os prisioneiros na carroça assobiaram e cuspiram em Johnny através das barras.

O dia foi seguindo desse jeito. E, ao longo de todas essas horas, Johnny se agarrava a sua ave desesperada.

De tempos em tempos, olhava a muralha do castelo. Nesses momentos, percebia o quanto ele mesmo era maltrapilho — os buracos em suas roupas, as tiras de couro rasgado que envolviam seus pés. Sentia como se carregasse nas costas o peso de todas as coisas que jamais teria. Tentava ignorar a própria fome. Tentou imaginar a si mesmo como um boi, parado num campo cheio de flores saborosas. Como não conseguiu, sentou-se no chão e chorou.

Surgiu então uma voz suave. "Uma esmola para os pobres?", pediu.

Johnny ergueu o olhar. Parada logo acima dele estava uma mulher velha e cega, tão magra que não fazia nenhuma sombra. Era muito pequena. Tão pequena que, mesmo que pudesse dobrar os ossos e se livrar do peso de todos os seus anos de vida, ainda assim poderia ficar erguida sem temer a ira do rei.

Apesar da estatura e da condição humilde, a mulher era bonita aos olhos de Johnny. Todos os traços eram perfeitos — com exceção do olho

esquerdo, que tinha a cor errada. É claro que esse único soluço em sua biologia só tornava seu encanto mais espantoso e real.

"Uma esmola para os pobres?", repetiu ela. Com a mão trêmula, segurava uma caneca de madeira.

"Desculpe", disse Johnny. "Não tenho nada para dar. Só tenho esta galinha. E, se a senhora pudesse vê-la, saberia que ela é menos que nada. Ela é irritadiça e está meio doente." Ele continuou: "Ainda assim, você pode ficar com ela se lhe prometer uma vida pelo menos um pouco melhor do que a que ela conheceu até agora. Ela é uma boa companhia."

———

"Vou lhe dizer uma coisa", me falou Twain, erguendo a xícara de chá no ar. "Neste mundo existem mais galinhas do que um homem pode conhecer, mas um ato injustificado de bondade é a mais rara das aves."

———

"Obrigada", agradeceu a velha. Em seguida, colocou a mão no ombro de Johnny e assim se abaixou até o chão. "Agora sou eu que tenho uma coisa para você." Vasculhou por um instante o interior de sua bolsa e dali tirou um punhado de sementes azul-claras. Deixou que caíssem dos dedos delgados na palma de Johnny. Cada semente tinha o tamanho de um botão de camisa. Como aquela velha mulher, eram lindas e simples. "Essas sementes", explicou ela, "me foram presenteadas, muito tempo atrás, por uma senhora com quem fui gentil. Acho que era uma fada..."

"Como ela sabia que era uma fada?", perguntei.

"Porque a mulher em questão", respondeu Twain, "tinha pouco mais que dez centímetros de altura. Era a única conclusão científica possível. Agora, vamos tentar não interromper, certo?"

A velha continuou: "Somente em caso de terrível desespero essas sementes devem ser plantadas. Aí, espere com fé pelos resultados. As sementes devem ser plantadas na primavera, regadas ao amanhecer e exatamente à meia-noite. Você tem que vigiá-las o tempo todo, e manter o coração puro. Evite reclamações. Quando uma flor aparecer, coma. Ela irá saciá-lo, e você nunca mais vai sentir o vazio..."

Twain fez uma pausa. Uma mosca, nadando em seu chá, desenhava círculos lamentáveis.

"O que aconteceu em seguida?", perguntei.

"A velha morreu", respondeu Twain.

"Naquele exato instante?"

Twain resgatou a mosca com a colher. "Você preferiria que ela comesse a galinha antes?"

"Não, eu não preferiria isso."

"Então por que não escreve sua própria história?"

MINHA PRÓPRIA HISTÓRIA

A velha recolheu a galinha nos braços com suavidade, levantou-se lentamente e saiu caminhando. Enquanto caminhava, entoava uma terna canção de amor — cujas palavras Johnny se surpreendeu por conhecer, e conhecer muito bem.

Ela não morreu.

CAPÍTULO QUATRO

O QUE ACONTECEU EM SEGUIDA

"Falta credibilidade a sua versão", disse Twain. "Com certeza, a velha está morta."

Ele ergueu a vista para o lago, e, enquanto contemplava, a mosca pousou em sua xícara uma segunda vez.

"E é preciso observar", acrescentou ele, "que, se Charles Darwin nos ensinou alguma coisa, foi o seguinte: a galinha também está morta. E é sorte dela, porque existem muitas maneiras indignas de se deixar este mundo, mas nada é tão indigno quanto ser forçado a continuar vivendo nele." Ele deu um grande gole no chá, e passou a relatar os desagradáveis acontecimentos que se deram na jornada de Johnny de volta para casa.

Eu fiquei pensando no destino da mosca. Como o pessimismo implacável de Twain passara a me entediar, meus pensamentos começaram a vagar.

Meus pensamentos vagavam enquanto ele descrevia a terra estéril à qual Johnny retornou, e a fome que ainda corroía suas entranhas.

Vagavam enquanto ele descrevia a surra que Johnny levou quando apresentou ao avô o punhado de sementes pálidas.

E vagavam enquanto ele descrevia o ato do avô de Johnny, que tomou as sementes, levou à boca, mastigou e cuspiu no chão. "Amargas demais!", gritou o velho. Chutou ao céu um naco de terra e deixou voar um turbilhão de obscenidades.

"Mas de quando em quando", disse Twain, "os deuses têm um feriado inesperado e, por um curto período, se esquecem da obrigação de acrescentar miséria à vida dos miseráveis. Que outra explicação pode haver para o que aconteceu em seguida?"

O avô de Johnny se recostou e morreu.

Johnny se permitiu um momento de completo silêncio. Depois, enterrou o avô, o único membro da família que chegou a conhecer, debaixo dos galhos desfolhados da macieira. Como não tinha palavras gentis a dizer, entoou uma terna canção de amor.

Então, como os deuses ainda estavam se divertindo, Johnny levou a mão ao bolso e descobriu, para sua surpresa, uma única semente azul-clara. Plantou a semente ali, no monte de terra que cobria aquele velho perverso.

Finalmente, um último golpe de sorte caiu dos céus — começou a chover. Choveu um dia inteiro e uma noite inteira. E, embora não fosse chuva suficiente para encher a árvore de maçãs ou para cobrir a terra de grama, foi o bastante para que Johnny juntasse água em xícaras, tigelas e baldes.

Era o primeiro dia da primavera.

Johnny passou a regar a semente, a cada dia, ao amanhecer e exatamente à meia-noite.

Ele cuidava da semente com diligência, tirando as ervas daninhas e espalhando pedras em volta.

Ele mantinha o coração puro.

Evitava reclamações.

E, depois de um mês de fiel vigilância, uma lâmina verde apareceu.

Uma semana depois, surgiu um broto.

Em mais uma semana, floresceu por completo — fez-se uma flor delicada, cor-de-rosa com bordas douradas e miolo azul-claro. Bela e estranha.

A essa altura, a fome de Johnny era insuportável. Ele arrancou a flor de suas raízes e a comeu. Mas a flor não tinha sabor e Johnny sentiu o vazio na barriga ainda mais que antes.

Seu coração se partiu. As lágrimas vieram com força. E, tomado de soluços, ele saiu andando pela terra selvagem para morrer.

CAPÍTULO CINCO

POR QUE A CHAMAM DE
ILHA DO CASTOR

"Conte-me de novo", pediu Twain. "Por que chamam este lugar de Ilha do Castor?"

Eu o lembrei da história dos chapéus.

"E suponho que ninguém tenha consultado os castores antes de arrancá-los de suas casas bem-cuidadas e colocá-los na cabeça de um punhado de franceses, não é?"

"Não", respondi, "imagino que não."

"E também suponho", continuou Twain, "que ninguém pensou em mudar o nome do lugar para algo mais apropriado à nova realidade, certo?"

Ponderei a questão por um instante. "Ilha que Antigamente Tinha Castores parece um nome comprido demais", falei.

"Um nome desajeitado, é verdade", disse Twain. "Mas honesto, não?"

CAPÍTULO SEIS

O QUE A HISTÓRIA NOS ENSINA

Johnny se estendeu sob um amplo céu e se pôs a esperar a chegada do fim. Fechou os olhos e pensou em sua velha amiga, Pestilência e Fome. Perguntava-se como ela estaria. Torcia para que estivesse feliz, segura, bem. Deitado ali, sentiu-se mais sozinho do que em qualquer outro momento de sua vida.

"Qual é o problema?", perguntou uma gambá.

Johnny abriu os olhos em sobressalto.

"Você está falando? Está falando comigo?"

A gambá se ergueu nas patas traseiras e olhou em volta:

"Acho que sim."

Fez-se uma longa pausa enquanto Johnny sentia que se desamarravam nós que haviam permanecido atados com firmeza em seu cérebro durante muitos anos. "Pode repetir a pergunta, por favor?", pediu.

"Qual é o problema?", perguntou a gambá pela segunda vez. "Você está bem?"

Johnny não disse nada.

"Você tem um nome?"

"Tenho: Johnny", respondeu ele por fim.

"Ótimo", disse a gambá. "Meu nome é Susy. Você parece faminto. Siga-me e cuidaremos de lhe encontrar alguma comida."

Susy

Twain suspirou. "Sei o que você está pensando."

Que meus dedos estão frios, pensei.

"Infelizmente", disse ele, "sempre haverá quem torça o nariz ao ver um gambá. Mas um garoto sem amigos não tem condições de se preocupar com as preocupações dos outros. E, nem deveria! Porque não existe amigo melhor que um gambá. Eles são criaturas decentes, educadas e nobres. Agem com honestidade. Demoram para ficar nervosos. E, embora sejam capazes de uma violência espetacular, andam com passos suaves."

Eu deveria ter vestido meias mais grossas, pensei.

"É claro que eu poderia ter me poupado, e também Johnny, dos preconceitos bestas dos menos iluminados", prosseguiu ele. "Poderia ter mentido e dito que era um porco-espinho ou um canguru, em vez de um gambá. Mas, se eu minto para você uma vez, você nunca mais vai confiar em mim. E, se a História nos ensinou alguma coisa, é que assim todo o nosso esforço estaria perdido..."

Ele fez uma pausa e explicou melhor:

"Napoleão mentiu para seus homens na batalha de Waterloo. Ele disse: *Vamos nos divertir um monte!* Mas não se divertiram. O rei Henrique VIII mentiu para Ana Bolena, e a coisa toda acabou gerando muita dor de cabeça. E existem muitos outros exemplos! Pense em George Washington e o caso da cerejeira. ★ Ele fez todo um escarcéu defendendo a nobreza de falar a verdade depois daquele fato, mas a triste realidade é outra; ele olhou para aquela cerejeira morta e disse: *Não vai doer nada*. A História nos conta essas coisas. E podemos confiar na História quando se trata de mentiras porque a História em si é feita principalmente de mentiras, além de alguns exageros."

"Seus pés também estão ficando frios?", perguntei.

Twain me ignorou. Acrescentou duas colheres de açúcar na xícara de chá e continuou...

★ O mito das cerejeiras é a mais conhecida lenda sobre George Washington. Na história original, quando Washington tinha seis anos, recebeu um machado como presente e danificou a cerejeira do pai. (*Nota do editor*)

Como você sabe, só existia uma estrada no reino de Johnny. Existiam, no entanto, muitas trilhas conhecidas só pelos animais. Foi por uma dessas trilhas que Johnny seguiu a nova companheira, subindo montanhas e atravessando vales e desfiladeiros, com as encostas escarpadas dos montes se erguendo de ambos os lados. Quando chegaram a um riacho, Susy passou saltando de pedra em pedra para não se molhar. Johnny tomou um gole de água e decidiu passar direto para refrescar os pés doloridos. Na entrada de um pomar selvagem, todo florescente e perfumado, ele olhou em volta e percebeu que estava, na verdade, tão completamente perdido que não tinha outra opção a não ser continuar seguindo a gambá até as profundezas daquele território desconhecido.

"Precisa descansar?", perguntou Susy.

"Não, obrigado", disse Johnny. E continuou seguindo, andando devagar, como costumam fazer os gambás — eles nunca estão com pressa. "Com licença", ele parou. "Como você sabe falar?"

"Todos os animais sabem falar", respondeu Susy, interrompendo o passo para se desvencilhar de uma mosca com um golpe da cauda. "Várias vezes

falamos com humanos, mas não obtemos nenhuma resposta que dê para entender. A fala dos humanos é incompreensível e, suspeito eu, bastante tediosa."

Em seguida ela explicou: "Um leão pode conversar com um esquilo, que pode conversar com uma coruja, que pode conversar com um rato. Um camelo pode conversar com um porco, que pode conversar com um alce, que pode conversar com um elefante. Uma baleia pode conversar com uma gaivota. Uma girafa pode conversar com um caranguejo. Só os humanos é que ninguém consegue entender. Por isso eles são tão ignorantes, conservadores, solitários e tristes; eles têm tão poucas criaturas com quem conversar. Mas não quero ofendê-lo", acrescentou Susy. "Você não parece ignorante ou conservador."

"Mas você me entende?", perguntou Johnny.

"Entendo", garantiu Susy, "porque evidentemente você comeu a flor mágica. É muito raro que alguém ganhe esse presente."

Johnny e Susy chegaram ao fim do pomar. Do outro lado, havia um campo aberto com grama alta cheia de flores selvagens, de cem metros de largura e cem metros de comprimento. Eles seguiram até o centro, e Susy chamou um pintassilgo amarelo pousado numa lâmina de capim. Disse algo num tom baixo demais para que Johnny conseguisse ouvir, e o pintassilgo saiu voando num piscar de olhos.

"Vai ser rapidinho agora", assegurou Susy.

Minutos depois, eles estavam cercados de todos os animais da terra (quase todos os animais, quero dizer, porque a tigresa estava faltando). A notícia havia chegado a todos os cantos. Nuvens de pássaros e rebanhos de animais, todos alegres, se reuniam para ver o menino que tinha comido a flor mágica.

Johnny ficou assombrado com aquela visão.

"Faça um discurso", pediu a lebre.

Johnny abriu a boca, mas não conseguiu encontrar as palavras. Parecia que todo o seu vocabulário entrara em colapso.

"Tudo bem ficar tímido", disse Susy baixinho, para não o constranger. "Algumas palavrinhas já serão o bastante."

Johnny respirou fundo para acalmar os nervos. Em seguida, abriu a boca e descobriu as palavras que poderiam salvar a humanidade de todos os seus problemas, se a humanidade pudesse dizê-las de quando em quando com plena sinceridade. Ele disse:

"Estou feliz por estar aqui."

E ouviram-se gritos de aprovação.

CAPÍTULO SETE

O BANQUETE

Preparativos foram feitos para dar as boas-vindas a Johnny e deixá-lo confortável. As toupeiras cavaram um depósito e o encheram de comida. Os castores (porque ainda restavam mais que uns poucos castores nesta terra) ergueram traves e as cobriram com ramos e galhos. Grandes tramas de videira foram levadas até lá pelos veados, e os guaxinins as costuraram em folhas para que formassem paredes. Terra foi posta por cima e flores altas foram plantadas, dando àquela casa improvável de Johnny a aparência de ter brotado direto do chão. Os ratos roeram dois pequenos buracos para si mesmos, um de entrada e outro de saída. Johnny pegou sua serra e fez a mesma coisa.

As toupeiras

"Onde ele conseguiu a serra?", perguntei.

Twain suspirou e balançou a cabeça. Acho que às vezes ele não conseguia suportar que outras pessoas falassem. "Nosso garoto", respondeu ele, "tem o mundo animal inteiro à disposição. Você não acha que ele poderia pedir a alguns de seus membros emplumados que voassem por aí e roubassem uma serra?"

"Talvez", respondi. "Mas eu diria que falta credibilidade a sua versão."

"E, no entanto", disse Twain, "aqui estamos nós, mesmo assim."

Por fim, Johnny abriu duas janelas, uma de cada lado da porta de entrada. Uma era da altura certa para que ele olhasse para fora e se maravilhasse com a vida que o cercava. A outra era da altura certa para que animais curiosos de determinado tamanho pudessem olhar para dentro e admirar a criatura incomum que agora estava em sua companhia.

"Ele sempre anda sobre duas patas?", perguntou uma salamandra.

"Ele sabe nadar?", perguntou um rato-almiscarado.

"Quanto tempo ele vai ficar?", perguntou um esquilo. "E o que ele come?"

Mas, antes que essas perguntas pudessem ser respondidas, Susy espreitou o interior da casa e anunciou: "A festa está prestes a começar!"

Um banquete foi preparado. Cerejas, nozes, morangos e todas as outras coisas gostosas que puderam encontrar foram reunidas em pilhas altas. Ordenharam a vaca. Fizeram pão. A tigresa — que até então não havia aparecido — chegou nesse momento, seguindo o cheiro do jantar. Abriu-se um amplo espaço para ela.

Quando estavam todos reunidos, Susy ergueu a cauda e um silêncio se instalou na assembleia. "Que emocionante que tenhamos feito hoje um novo amigo! Agora vamos comer e nos divertir", disse ela.

Johnny deu a primeira mordida — numa fatia de pão quente e crocante coberta de manteiga e framboesas amassadas. Nunca provara nada tão delicioso. Ele comeu até ficar cheio, e os animais comeram até ficarem cheios, e todos estavam felizes e satisfeitos — exceto, é claro, a tigresa, que não gostava muito de nozes, frutas, leite e pão. Ela tinha um paladar diferente.

Quando o jantar estava quase terminado, o rouxinol pediu licença. Limpou as migalhas de suas penas e saiu voando para um tronco alto. Dali, entoou uma doce canção. Não tinha letra, mas ainda assim todos os presentes sabiam o significado, que era:

O mundo é bonito e perigoso,

alegre e triste,

ingrato e generoso,

e cheio de tantas, tantas coisas.

O mundo é velho e é novo.

É grande e é pequeno.

O mundo é brutal e gentil,

e nós, cada um de nós,

somos parte dele.

"Obrigado", agradeceu o rouxinol. "Boa noite."

Ele saiu voando de volta ao ninho, e em seu lugar surgiu um macaco, que fez o seguinte discurso:

Ou melhor, ele faria um discurso, mas a coisa toda se perdeu porque Twain estava quase se afogando de tanto rir desde a primeira palavra. O macaco sabia mesmo fazer piada.

Em seguida veio o leão. Ele se ergueu e falou com potência em tom sóbrio:

"Hoje, ao nos reunirmos para celebrar um novo irmão em nosso grupo, devemos nos lembrar de todos os irmãos e irmãs que perdemos. Todo tempo de júbilo nos faz lembrar de um tempo de tristeza. E, até encontrarmos uma maneira de viver em perfeita paz, devemos manter o luto por aqueles que conhecemos e amamos, e que padeceram às leis naturais que nos governam."

A tigresa, que agora espreitava de um ponto obscuro entre as árvores, ergueu o lábio num sorriso ameaçador. Mas permaneceu quieta, guardando para si mesma os gemidos de seu estômago.

O leão

O banquete terminou.

Susy acompanhou Johnny até a porta de sua nova casa. Os animais foram partindo, se aninhando em volta da casa de Johnny ou se retirando para seus galhos, buracos e cavidades. O abutre levou até Johnny uma pele de foca, devidamente lavada. Johnny foi se deitar e se cobriu com ela.

Naquela noite, dormiu mais profundamente e mais em paz que em toda a sua vida — cercado de tantos amigos.

A tigresa permaneceu acordada por um tempo, indo caçar na escuridão.

CAPÍTULO OITO

O ESBULHO DO PRÍNCIPE MARGARINA

A cotovia acordou todo mundo ao raiar do dia. Um por um, os animais despertaram e começaram suas rotinas matinais. Johnny, não tendo ainda uma rotina na nova vida, ficou parado na porta da casa, maravilhado com todo o movimento àquela hora da manhã. Coçava a cabeça e se perguntava o que deveria fazer.

Susy percebeu a preocupação de Johnny. "Por aqui", disse ela, e o conduziu por uma trilha estreita entre fileiras de pequenas árvores. Deram apenas alguns passos, e todo o ruído e a agitação da manhã ficaram para trás. Mais alguns passos e estavam junto à margem de um lago azul-celeste. "Aqui é um bom lugar para você se lavar e beber água", indicou a gambá. Ela se instalou num círculo de musgo e ficou esperando pelo garoto. Quando ele estava limpo, levou-o até uns arbustos cheios de frutos silvestres. Ali, sentaram-se e tomaram um silencioso café da manhã.

Naquele dia, e em cada dia que se seguiu, Johnny e os animais vagaram por montanhas e florestas, fazendo piqueniques, brincando e tirando longas sonecas ao sol. Todo mundo estava se divertindo. Ao fim de cada dia, Johnny voltava para casa, na margem do pomar selvagem.

Pela primeira vez na vida de Johnny, tudo corria bem...

"Mas como não existe nada mais chato que uma torrente de acontecimentos felizes", disse Twain, "vamos parar a história aqui e saltar até um ponto mais perigoso..."

Eles toparam com um pergaminho pregado no tronco de um velho carvalho, a tinta ainda molhada.

"O que está escrito?", perguntou Susy.

Todos os animais se juntaram em volta enquanto Johnny lia em voz alta:

RECOMPENSA

O PRÍNCIPE MARGARINA ESTÁ DESAPARECIDO!

SUSPEITA-SE DOS GIGANTES

SUA MAJESTADE, O REI, CONCLAMA SEUS OBEDIENTES SÚDITOS A SE APRESENTAREM CASO DISPONHAM DE INFORMAÇÕES QUE LEVEM AO RETORNO SEGURO DO PRÓPRIO FILHO DA NAÇÃO. DINHEIRO, UMA PRINCESA E UM LUGAR PARA VIVER NO PALÁCIO POR TODA A VIDA AGUARDAM A ALMA CORAJOSA QUE ATENDER À SÚPLICA DESESPERADA DE SUA MAJESTADE.

"E então?", perguntou Susy. "Você quer ganhar esse dinheiro?"

Johnny pensou por um momento. Nunca na vida tivera dinheiro. Parecia uma oportunidade de conseguir algum. "Sim", respondeu ele, "acho que sim."

"Certo", disse Susy. "Então vá até lá e diga ao rei exatamente o seguinte: *Se o senhor proteger minhas testemunhas, eu lhe darei notícias sobre o príncipe.* Não diga nada mais."

CAPÍTULO NOVE

O QUE SUSY SABIA

Obviamente, Susy sabia que Johnny não precisava de dinheiro. Ou de uma princesa. Ou mesmo de um lugar para viver no palácio a vida inteira. Mas talvez ela também soubesse de outra coisa: se guiasse Johnny até o limite do mundo animal, e se o postasse no alto de uma montanha com vista para o castelo lá embaixo, Johnny teria a coragem e a bravura para seguir por conta própria. Os guardas do castelo podiam recebê-lo com gargalhadas. Podiam ridicularizá-lo e soltar vaias exultantes diante de seu pedido: "Estou aqui para ver o rei". Mas, se Johnny continuasse sentindo os olhos vigilantes de seus amigos acompanhando seus passos lá de cima, suportaria qualquer insulto com a confiança silenciosa de um gambá.

"Tenho notícias sobre o príncipe", disse ele com calma.

E, com isso, os dois guardas abriram o portão para Johnny e o conduziram pelo castelo, tropeçando, gaguejando e implorando perdão ao longo de todo o caminho.

Os guardas do castelo

Eles guiaram o garoto por escadarias sinuosas, por salas de seda azul e de seda vermelha, e por salas decoradas com cores brilhantes e reluzentes que Johnny jamais vira antes.

Guiaram-no por saguões de mármore com tetos revestidos de ouro.

Guiaram-no por longos corredores forrados com tapetes que contavam histórias de reinos conquistados, perdidos e esquecidos.

Johnny estava maravilhado com esses portentos e, ainda maravilhado, foi conduzido pelos guardas através de uma porta colossal, de seis metros de altura e três metros de largura, feita de longas faixas de marfim esculpido. Os desenhos no marfim também contavam histórias, sanguinolentas e cruéis. Do outro lado daquela porta terrível estava o trono real, onde Sua Alteza estava sentado, tirando uma soneca.

Sua Alteza

Os guardas reais deram um passo à frente e despertaram o rei.

"O que foi? O que foi?", gritou Sua Alteza.

"Desculpe, Sua Majestade, é que o garoto afirma ter notícias sobre o príncipe."

"É mesmo?! É mesmo?!", disse o rei. Teve de fazer um esforço para sair do trono, atrapalhado por uma combinação ridícula de roupas mal-ajambradas e joias pesadas. A seu lado estava a rainha — pacífica e cuidadosamente trabalhando em seu tricô.

A coroa do rei escorregou e cobriu seus olhos. "Onde está esse garoto?", berrou ele. "Apresente-se! Fale!"

"Sua Majestade?", disse Johnny.

O semblante do rei murchou quando ele ergueu a coroa e pousou os olhos naquele mensageiro improvável. "E o que *exatamente*", perguntou ele, "pode fazer alguém tão insignificante quanto *você* para resolver meu problema?"

As palavras do rei feriram Johnny. Mas as adversidades de sua vida tinham desenvolvido nele o poder de esconder as maiores mágoas. Ele repassou a mensagem de Susy com frieza, sem nenhuma emoção: "Se o senhor proteger minhas testemunhas, eu lhe darei notícias sobre o príncipe."

O rei ficou indignado. "Quem são essas testemunhas?", exigiu saber. "Que os covardes deem um passo à frente! Que falem sobre o esbulho do Príncipe Margarina!"

"Sua Majestade?", interrompeu Johnny. Ele não tinha entendido. "O es-quem?"

"O esbulho, rapaz!", respondeu o rei.

Johnny não disse nada.

Sua Majestade falou ainda mais alto e mais devagar dessa vez, para não confundir a inteligência do pobre garoto. "EEEEES-BUUUUU--LHOOOOO!", berrou.

———

"ANOTE ISTO!", retumbou Twain, sua voz repercutindo por aquele lago enorme. "Jamais confie num homem impressionado demais com suas próprias cordas vocais. Homens — e mulheres — honestos falam com simplicidade, em volume normal."

———

"Sequestro", explicou a rainha. Ela ergueu o olhar do tricô e falou diretamente com Johnny, em voz suave. Poucos haviam falado com ele assim. Seu pensamento foi parar na velha cega. "O príncipe foi sequestrado..."

"... por gigantes!", completou o rei. "Gigantes desprezíveis, terríveis! Flagelo da nação!"

"É claro", disse a rainha, "que nós não temos certeza absoluta de que ele tenha sido de fato sequestrado."

O rei ignorou a esposa, como era seu costume.

———

Twain tomou um último gole de chá e devolveu ao pires a xícara vazia. "Há homens que não conseguem escutar os animais", disse ele. "E também há homens que não conseguem escutar absolutamente nada."

———

A rainha

O ruído das ágeis agulhas de tricô da rainha tomava a cavernosa sala do trono.

Sem saber o que dizer, Johnny permaneceu em silêncio.

"Muito bem", disse o rei. "Prometo qualquer coisa. Vou encher as ruas de soldados, e nenhum deles tocará nas suas testemunhas, sejam elas quem forem."

"Obrig...", Johnny começou a dizer, mas o rei o interrompeu, oferecendo em vez disso o seguinte discurso a todos os desafortunados que ali estavam:

"MEU... FILHO... FIEL...", começou ele, cheio de grandiloquência, "é o júbilo desta nação! É inteligente como uma raposa, e forte como um elefante! É magnífico em batalha e mais bonito que qualquer garoto de sua idade! Tem dentes imaculados! É um excelente soletrador! E, um dia, crescerá para destruir cem mil gigantes!" O rei expirou alto e arrematou: "Ele é como *Eu* em todos os aspectos. Isto é, perfeito. Ele precisa ser devolvido."

Despontou, então, o lenço real para secar a única lágrima que tinha escorrido pela bochecha do rei.

"Agora", disse Sua Majestade, "você pode ir."

"Obrigado", agradeceu Johnny.

E partiu para reunir seus amigos...

"São estas? São estas suas testemunhas?", indignou-se o rei.

O leão soltou um rugido poderoso, estremecendo os ossos de todos os presentes.

"Ele está me dizendo que estão todos prontos para dar seu testemunho", disse Johnny.

"Quem?", perguntou o rei. "Quem está dizendo isso?"

"O leão, Sua Alteza", respondeu Johnny.

Seguiu-se então um momento de fúria e algazarra na sala de espera vazia da cachola do pequeno rei. "Eu não acredito nisso. Quero uma prova." Levantou-se e apontou para o fundo da sala. "Converse com aquele pássaro ali, aquele feio com olhar desagradável no rosto. Peça que coloque uma pena no chapéu de meu guarda real."

Johnny traduziu a mensagem ao abutre.

O pássaro alçou voo, indo pousar no ombro do guarda e arrancando um longo fio de cabelo loiro de dentro de sua orelha.

"Maravilhoso!", vibrou o rei. "Se ele não fosse um pássaro pobre e burro, poderia ter acertado! Agora ordene a seu leão que persiga o próprio rabo."

Johnny traduziu a mensagem ao leão.

O leão rosnou, e todos os presentes sentiram que o ar vibrava e tremia.

"Ele se recusa a cumprir o pedido", disse Johnny. "É algo inferior à posição dele."

O rei se convenceu. "Prossigamos às provas!"

CAPÍTULO DEZ

AS TESTEMUNHAS PRESTAM DEPOIMENTO

A tigresa começou:

"Deitada em minha cova, vi dois homens fortes passando com o príncipe."

"Como eu suspeitava!", exclamou o rei. "Gigantes!"

A rainha suspirou e balançou a cabeça.

"Como eu não conseguia transpor o precipício", continuou a tigresa, "avisei à águia logo acima. E ela os seguiu."

"Eu segui os três até o anoitecer", disse a águia, "e aí avisei à coruja."

"Eu segui os três até chegarem ao mar", disse a coruja, "e aí avisei à gaivota."

"Eu segui os três pelas águas", disse a gaivota, "e aí cansei quando entraram no pântano e avisei ao jacaré."

"Eu segui os três até a margem quente do deserto", disse o jacaré, "e aí avisei à cobra."

"Eu segui os três até a planície gramada", disse a cobra, "e aí avisei ao antílope."

"Eu segui os três até as montanhas nevadas", disse o antílope, "e aí avisei à rena."

"Eu segui os três até o pico", disse a rena, "e aí avisei ao rato."

"Eu passei no meio de dois dragões poderosos que guardavam a entrada de uma caverna escura", disse o rato, "e aí avisei ao morcego."

"Eu entrei atrás deles", disse o morcego. "Conheço o lugar. O príncipe ainda está lá."

O rei ficou aterrorizado. "Agora vá!", ordenou. "Encontre meu filho e traga-o de volta! Assim, você terá sua recompensa!"

A rainha tinha terminado de tricotar. "Espere", disse ela. "Antes de ir, criança, venha aqui."

Johnny foi até ela.

A rainha colocou um cachecol vermelho em volta do pescoço de Johnny e lhe deu um beijo macio. "Boa sorte", disse. Em seguida se levantou e, pairando quase cinquenta centímetros acima da cabeça do marido, acenou para todos em despedida.

Johnny e os animais se curvaram e partiram.

Ao sair, o elefante passou arrancando a porta de marfim.

NOTA FINAL
DE UM DOS AUTORES

Foi mais ou menos nessa altura que Twain se levantou para buscar mais uma xícara de chá e acabou acontecendo com ele basicamente o que aconteceu com todos os castores da Ilha do Castor: puf!

Isso realmente me deixou na mão.

Sozinho, terminei de tomar meu café. Enquanto bebericava, fiquei ali devaneando, pensando em Johnny, Susy e todos os outros. Olhei para o lado e contemplei o espaço vazio que meu amigo havia deixado. Ali, me permiti um momento de completo silêncio. A última lasca de sol afundou atrás do lago, pintando o céu com um banho de cores brilhantes. *Há tantas coisas para se ver neste mundo!* Foi então que notei, bem ali no braço da cadeira de Twain, uma flor cor-de-rosa com bordas douradas e miolo azul-claro. Bela e estranha.

Não sei por que comi a flor, mas comi. Eu nem estava com fome! Como são incríveis as coisas que as pessoas fazem de vez em quando, pensei.

"Com licença", ouvi uma voz. Uma voz baixa, vinda de perto de meus pés.

Olhei para baixo, e, parado ali, me observando de volta, estava um furão — possivelmente o mesmo de antes (eles são bem difíceis de distinguir). *Eis uma virada interessante dos acontecimentos*, pensei.

"Você só vai ficar comendo e comendo sem me oferecer nada?", ele quis saber.

Eu entrei em casa e voltei com uma bolacha de água e sal.

O furão segurou a bolacha com as duas patas e começou a mordiscar numa cuidadosa espiral.

"É tão bom ser entendido", comentou ele, com as bochechas cheias.

Servi-me de mais uma xícara de café. "Quer ouvir uma história?", perguntei.

"Pode ser", disse o furão, "se você tiver mais uns lanchinhos."

Entrei em casa de novo e voltei com um cookie de manteiga de amendoim e meia cenoura. O furão se pôs a trabalhar. Eu me recostei na cadeira e comecei a história:

"*Com muita concentração, podemos nos transportar exatamente para o lugar em que precisamos estar. Na verdade, vamos nos transportar para uma terra não muito…*"

"Esse lugar tem nome?", interrompeu o furão. "Eu não tenho o dia todo."

"Tem", respondi. Mas, como não consegui lembrar, acabei mentindo. "Chama-se Terra que Antigamente Tinha Castores."

Continuei a partir daí, recontando basicamente a mesma história que tinha ouvido de Twain, pelo menos até a parte em que — puf! — ele desapareceu, e me vi batendo um papo com uma bola de pelos impaciente, porém amável.

"Podemos apressar um pouco isso?", pediu o furão. "Não quero ser grosseiro, mas está ficando tarde. E eu tenho uma noite cheia pela frente."

Olhei e vi que a lua havia chegado justo acima do lago escurecido.

"Talvez saltar para o final?", sugeriu ele.

"O final?" Twain não tinha me dado um final.

"Você tem um final, não tem?", perguntou o furão, recolhendo uma migalha de cookie dos pelos brancos no peito e jogando na boca. "O final é a única parte que realmente importa."

Engoli o que restava do café, ganhando assim algum tempo para pensar.

CAPÍTULO ONZE

A ÚNICA PARTE
QUE REALMENTE IMPORTA

Eles pararam na entrada da grande caverna, protegida de cada lado por dois dragões irascíveis. A princípio eles não notaram a presença de Johnny, nem a dos muitos animais reunidos à volta. Estavam ocupados com outras coisas:

"Azul", gritou o dragão número um.

"Não! Vermelho!", contestou o dragão número dois.

Uma coisa importante sobre dragões é que eles sempre estão discutindo. Dois dragões jamais são capazes de concordar em nada.

"Amarelo!", gritou um.

"Verde!", gritou o outro.

A resposta certa, na verdade, era: roxo. Mas nenhum deles admitia. Preferiam incendiar a floresta inteira, discutindo sem parar, cuspindo fogo e chamuscando pobres arbustos com toda aquela raiva descuidada.

"Com licença?", apareceu Johnny.

Espantados, os dois dragões se apressaram em confrontar aquele estranho inesperado. Fumaça jorrava de suas narinas. Eles deram um passo à frente, ansiosos para criar confusão...

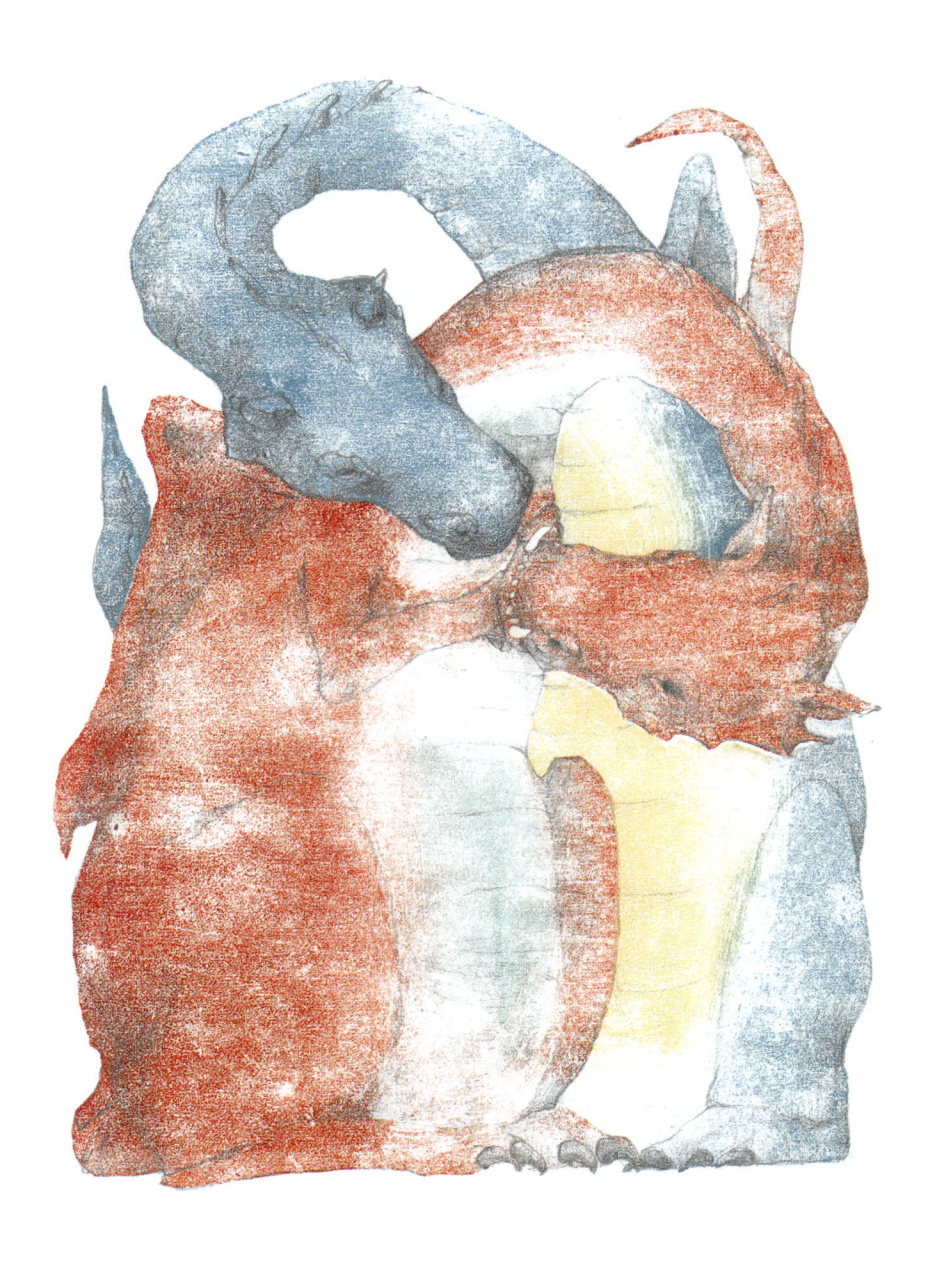

Dois dragões irascíveis

"Emocionante!", disse o furão. Ele havia escalado a cadeira de Twain e estava com o queixo em cima da borda da mesa, procurando migalhas.

"Acho que você poderia dizer isso, sim", respondi. "Acho que você poderia dizer também que é possível contar bem uma história com constantes interrupções. Mas, infelizmente, você está errado. Porque essa história é uma confusão. E, ainda que você possa esperar que Johnny lidere suas tropas com toda coragem nessa batalha..."

"Com certeza!"

"E, ainda que você possa esperar que Johnny, depois de enfrentar desafios espetaculares, termine vitorioso e ileso..."

"Isso mesmo!"

"E, ainda que você possa esperar que ele carregue pelo resto da vida as lições supostamente aprendidas na guerra..."

"Nunca se esqueça de levar um lanchinho!"

"Isso não vai acontecer. Porque as lições da guerra são um fardo pesado demais para carregar. E, além disso, naquele exato momento, Susy saiu de dentro da camisa de Johnny — onde estava tirando uma agradável soneca vespertina — e os dragões fizeram o que uma infinidade de criaturas poderosas fazem quando encontram, de repente, inesperadamente, um gambá, isto é: entraram em pânico e fugiram.

"Por aqui!", gritou o dragão número um.

"Não, por ali!", gritou o dragão número dois.

Aterrorizados, eles voaram em direções opostas.

"Perdi alguma coisa?", perguntou Susy.

"Acho que não", respondeu Johnny.

Então ele, Susy, Pestilência e Fome e todos os outros animais entraram na caverna sem qualquer esforço.

A tigresa, que vinha observando tudo de uma distância confortável, foi entrando sorrateira atrás deles.

———

"A galinha está de volta?", perguntou o furão.

"Sim", respondi, "a galinha está de volta."

O furão franziu a testa. Twain não tinha deixado nenhuma migalha para ele.

"Não é minha culpa", expliquei, "que você tenha pedido para eu pular para o fim da história. Desse jeito, você acabou perdendo os surpreendentes e edificantes acontecimentos que se desenrolaram na vida dessa galinha."

"É culpa de quem?", perguntou o furão.

"É claro que não existe nenhuma razão lógica para que Johnny voltasse a encontrá-la. Não faz sentido. Mas a lógica e os fatos são duas coisas diferentes — e o fato é este: a história agora é minha, e a galinha está de volta."

"Mas é culpa de quem?", perguntou o furão.

"Não sei", suspirei, continuando...

———

A caverna era escura. Muito escura. Johnny sentiu como se tivesse sido engolido e agora estivesse na barriga de um dragão. *Estou com medo*, pensou. Mas então ouviu os passos silenciosos de todos os animais atrás dele. Sentiu o pelo macio do rabo de Susy roçando em seu tornozelo. E decidiu ser corajoso. Lembrou-se de como uma velha amiga costumava se animar em situações difíceis, e decidiu fazer a mesma coisa: saiu pulando com uma perna só. Pestilência e Fome pôs-se a repetir os movimentos, pensando que era a coisa certa a fazer.

Enquanto Johnny descobria a própria coragem, seus olhos começaram a enxergar algo na escuridão. Devagarinho, devagarinho, um mar de rostos perturbados foi ganhando foco.

"Vocês são os gigantes?", perguntou Johnny.

"Somos mais altos que o rei, sim", disse um deles.

"E preferimos não nos curvar", acrescentou outro.

"Ogros hediondos e vis", gritou uma voz, que tinha a qualidade sonora de uma lata pregada à pata de um cavalo. O príncipe Margarina explodiu na direção deles.

"Vocês vieram por causa do príncipe?", perguntaram os gigantes, em tom cansado, dirigindo-se à gambá. (Não é inteligente desviar o olhar de um gambá.)

"Viemos", respondeu Susy, mas eles não entenderam.

"Viemos", Johnny traduziu para os gigantes.

"Então, por favor, podem levá-lo", suplicaram eles. "Ele nos atacou na estrada. E, ainda que tenhamos implorado para que fosse embora, ele nos seguiu até esta caverna — o único lugar seguro que conhecemos desde que a guerra foi declarada e nossos problemas começaram. Ele tem a boca suja e péssimos modos. Come tudo o que aparece pela frente."

Agora, é preciso observar que, se Charles Darwin nos ensinou alguma coisa, foi o seguinte: existem muitos acidentes da biologia que vão além de nosso controle. Alguns de nós são baixos, outros, altos. Alguns são fracos, outros, fortes. Por sorte, porém, personalidades não nascem feias, elas aprendem a ser feias. Nosso príncipe podia ser um reflexo perfeito do pai, mas também podia ser muito diferente dele. Podia ser bom. Infelizmente, o príncipe tomou a palavra, demonstrando a todos que qualquer esperança era vã...

"Gigantes asquerosos!", berrou ele. "Abominações!" E em seguida falou em tom pausado: "A-BO-MI-NA-ÇÕÕÕES!" O príncipe se virou para Johnny, olhando-o com desprezo. "E eu exijo um salvador melhor!", declarou. Sua Alteza Real, orgulho da nação, sentou-se na caverna e fechou a cara.

A tigresa deu um passo à frente sem fazer nenhum ruído. "Eu levo o garoto", ofereceu ela, com um ronronar baixo e sedoso. E continuou, falando diretamente com o príncipe: "Você pode ir montado em mim. Você é um garoto bonito e tem o tamanho certo. Quando tiver fome, irei à caça, e você pode comer tudo o que eu matar. Eu seria sua serva e seu animal de estimação. Um dia, quando você for rei, você pode pegar meu couro e usar para decorar o chão da sala do trono."

Johnny traduziu para Sua Excelência.

"Tenho dentes imaculados", anunciou Margarina sem qualquer razão, acrescentando: "Nós vamos matar gigantes?"

"Faremos apenas o que nos ocorrer naturalmente", respondeu a tigresa. Ela lambeu as próprias costelas e esperou a resposta de Sua Majestade.

O príncipe Margarina estava convencido. "Ótimo! Vamos!" Montou na tigresa e saiu da caverna — deixando para trás nossa história e entrando em outra, com um final muito mais satisfatório que este.

O príncipe Margarina

"E agora?", perguntaram os gigantes. "Vocês vão revelar nosso esconderijo secreto?"

"Não, não vamos", respondeu Susy.

"Não, não vamos", traduziu Johnny.

"Vocês não nos odeiam?", perguntaram os gigantes.

Johnny nem precisou traduzir a resposta da gambá. Dava para entendê-la pela bondade em seus olhos.

Os gigantes se viraram para Johnny. "E você? Não nos odeia?"

Johnny abriu a boca, mas não conseguiu encontrar as palavras. Mais uma vez, parecia que todo o seu vocabulário entrava em colapso.

"Está tudo bem", disse a gambá. "Apenas fale a verdade."

Mas, antes que possamos encontrar uma resposta para Johnny, vale a pena descrever mais uma diferença entre Aqui e Lá. Aqui, um menino da idade de Johnny pode juntar pilhas e pilhas de dinheiro, e com esse dinheiro comprar todas as coisas de que vai precisar na vida. Mas Lá, na terra de Johnny, nem todo o dinheiro do mundo é capaz de comprar uma das coisas mais importantes que existem: um verdadeiro amigo.

Johnny ergueu o olhar e ficou maravilhado com todas as suas riquezas.

"Vá em frente", sussurrou Susy.

Johnny respirou fundo para acalmar os nervos. Depois, abriu a boca e descobriu as palavras que poderiam salvar a humanidade de toda a sua violência estúpida e incessante, se ela ao menos pudesse dizê-las de quando em quando com plena sinceridade. Ele disse:

"Estou feliz por conhecer vocês."

E os gigantes choraram.

FIM

"Bravo!", gritou o furão. "Você tem mais um cookie?"

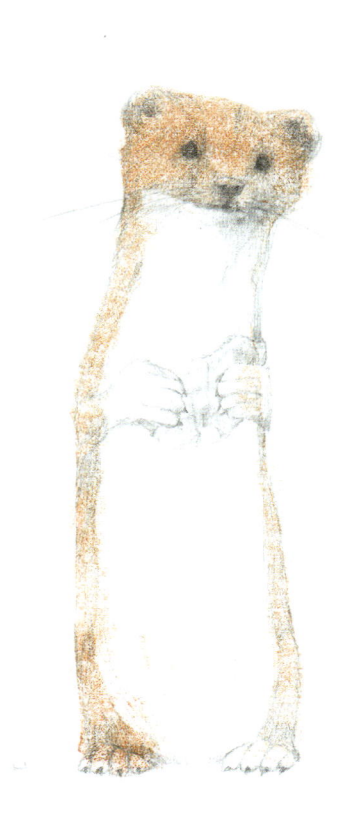

EPÍLOGO

O QUE ACONTECEU COM A GALINHA

Ela viveu até os cem anos de idade.

———

"Galinhas não vivem tanto", argumentou o furão.

———

Essa viveu.

NOTA DO EDITOR

Quando seu pai é Mark Twain, não é um exagero esperar, a cada noite, uma história bem contada na hora de dormir. As pequenas Clara e Susy sabiam disso, e, numa passagem de seu diário de 1879, Twain escreve sobre um desses momentos domésticos num hotel de Paris:

Quando terminava meu dia de escrita, no sexto andar, eu costumava descer ao salão do segundo andar, na esperança de descansar um pouco e fumar no sofá antes que o jantar fosse trazido. Mas raras vezes eu conseguia fazer isso, porque a creche dava para o salão, e era muito frequente que as crianças entrassem à procura de alguma coisa e me descobrissem ali. Então eu tinha que pegar uma poltrona grande, colocar uma menina em cada braço e desfiar uma história.

O ritual noturno era assim: Clara ia buscar uma revista, folheava até encontrar uma imagem que sugerisse alguma história, e dizia: "Estamos prontas, papai."

Como Twain recorda, "as escolhas delas eram bem estranhas". Ele descreve como, certa noite, folheando um exemplar da revista *Scribner's*, as meninas escolheram o desenho de uma figura anatômica. Suas tentativas de desviá-las para uma imagem mais romântica foram recusadas, de modo que Twain cedeu ("me curvei à tarefa") e começou a contar a história de um garoto chamado Johnny. A história foi "um sucesso tão emocionante e avassalador" que Twain foi "recompensado com o privilégio de ter que extrair uma história inteiramente nova daquele tema infértil nas cinco noites seguintes".

Algum tempo depois, Twain fez anotações dessas sessões de contação de história com as filhas. Rabiscadas em jorros desconexos, elas começam assim: "Viúva moribunda dá sementes a Johnny — sementes que ganhou de outra velha, com quem tinha sido gentil." E terminam abruptamente dezesseis páginas depois com uma passagem em aberto: "É protegida por dois poderosos dragões que nunca dormem." A história jamais foi redigida, e o enredo permaneceu inacabado. Embora Twain contasse às filhas inumeráveis histórias de ninar, as dessa semana em particular foram as únicas que chegou a anotar.

Depois da morte de Twain, as anotações foram parar no arquivo dos Mark Twain Papers, na Universidade da Califórnia em Berkeley. Em 2011, o Dr. John Bird, especialista em Twain, da Universidade Winthrop, reparou nos fragmentos dessa história no arquivo de Berkeley enquanto pesquisava materiais ligados à comida para um possível livro de gastronomia baseado em Twain. Ele havia pedido para olhar aquele arquivo porque continha a palavra "Margarina". Foi então que identificou a história como um conto de fadas inacabado, um que batia com a anotação de Twain no diário sobre a sessão de contação de histórias em Paris. O Dr. Robert Hirst, editor-geral dos Mark Twain Papers, acredita que essa foi a primeira vez que alguém examinou as anotações e reconheceu sua importância.

Bird compartilhou essas páginas com a Dra. Cindy Lovell, na época diretora executiva da Casa-Museu Mark Twain em Hartford, Connecticut. E, em 2014, a Doubleday Books for Young Readers adquiriu os direitos para trabalhar com a Casa-Museu Mark Twain e os Mark Twain Papers a fim de criar uma obra nova, usando como base as anotações de Twain.

Mas como fazer isso com um conjunto de anotações rudimentares para uma história fragmentária e incompleta contada mais de cem anos atrás? Quando se tem sorte, apelando a Philip e Erin Stead — a dupla de autor e ilustradora ganhadora de uma Medalha Caldecott por *Um dia na vida de Amos*

McGee. Philip usou as anotações de Twain como ponto de partida para o livro que você tem em mãos, imaginando-o como uma história concebida numa conversa entre Philip e o próprio Twain. Refugiando-se na Beaver Island, no lago Michigan, Philip partiu do arco narrativo da história de Twain e de citações específicas em suas anotações, e com isso teceu um manuscrito de dez mil palavras que combina com perfeição sua própria obra e a de Twain. Erin Stead, usando técnicas tanto antigas quanto novas — xilogravura, tinta, lápis e um cortador a laser —, criou as ilustrações astutas, bem-humoradas e comoventemente belas que iluminam esta nova obra.

Trata-se, muito literalmente, de um livro que atravessa o tempo. A história de Johnny, concebida a partir de uma figura anatômica numa revista do século XIX, é agora uma narrativa para os novos fãs de Twain, jovens e velhos. É uma história de bondade, bravura e honra, contada com um humor e uma inventividade que esperamos que tanto Mark Twain quanto Clara e Susy aprovassem.

A Casa-Museu Mark Twain

Impresso pela gráfica LOG & PRINT